모레마을에서 찾은 꿈

난 내가 좋아

운남JTS 아이들 지음 | 권유미 김묘연 엮음

차 례

모례마을에서 찾은 꿈

모례마을을 보다

꿈을 찾는 지역 스토리텔링 수업

학생 작가들을 만나다

난 내가 좋아

모례마을에서 찾은 꿈

난 내가 좋아

모래마을에서 찾은 꿈

초판 발행일 2023년 1월 31일

지은이 | 운남중JTS(김나원 김영경 박강현 정지연 최예원 천서현 한수빈)
펴낸이 | 한향희
펴낸곳 | 도서출판 빨강머리 앤
디자인 | 한향희 윤혜정
출판등록 | 제25100-2005-28호
주소 | 대구광역시 달서구 문화회관길 165, 대구출판산업지원센터 503호
전화 | (053) 257-6754
팩스 | (053) 257-6754
이메일 | sjsj6754@naver.com

삽화 그림 | 김나원 · 정지연

이 책의 인세는 기아 돕기를 위해 전액 JTS에 기부됩니다.

모례마을에서 찾은 꿈

난 내가 좋아

운남JTS 아이들 지음 | 권유미 김묘연 엮음

빠알강머리앤

모레마을에서 찾은 꿈

연준, 모래마을에 가다

연준이는 휴지로 눈물을 닦으며 소리 없이 울면서도 한 손으로는 연신 팔을 긁는다. 학원을 마치고 집으로 돌아온 연준이는 혼자만의 울음을 이불 속에서 토해낸다.

새벽 1시, 책상 위에 놓인 디지털 시계의 숫자 1을 노려본다. 서울, 특히 강남에 사는 학생들의 귀가 시간으로는 일상이지만 그 일상에서 벗어나고 싶은 연준이다.

연준이는 2학년이 되면서 시험에 대한 스트레스로 우울증이 더 심해진 데다가 전에 없던 아토피까지 생겼다. 처음에는 한두 개였던 아토피 흉터가 화선지에 물감을 떨어뜨린 듯 팔 전체에 퍼져나가 진물까지 흘렀다.

연준이의 일상은 열다섯 살이 견디기에는 버거웠다. 학

원 시간에 쫓겨 저녁은 늘 편의점 도시락으로 때웠고, 늦은 새벽까지 공부해야 했다. 연준이를 더욱 힘들게 하는 건 성적에만 신경을 쏟는 부모님 때문에 좋아하는 그림 그리기를 포기했다는 거다. 그래도 부모님을 기쁘게 하고 싶다는 생각에 낮에는 어떻게든 버틴다.

하지만 새벽은 늘 어둡고 외로운 시간이었다. 언제부터인가 연준이는 잠을 제대로 잘 수가 없었다. 아토피의 자국처럼 연준이의 마음속 슬픔의 자국도 선명해져 갔다.

친구들의 수군거림이 또 거슬렸다.

"재는 왜 맨날 긴 팔만 입어?"

"몰라, 춥나 보지 뭐."

늘 듣던 말인데도 오늘따라 더 아팠다. 말 걸어주는 친구 한 명 없던 연준이에게 뒤에서 수군거리는 말들은 팔의 상처보다 더 아픈 상처였다. 그런 말을 들은 날은 더 세게 팔을 긁어댔다. 아픈 줄도 모르고.

연준이에게는 자신의 답답한 상황을 털어놓을 친구도, 함께 놀 친구도 없었다. 늘 그렇게 혼자였다. 이런 상황을 아는 사람은 위클래스 선생님뿐이었다.

"연준아 지금 뭐가 제일 힘드니?"

"잘 모르겠어요. 그냥, 학원도 학교도 몸에 생긴 이 자국들도 다 사라져버리면 좋겠어요."

"지금 스트레스를 많이 받고 있구나. 학교와 학원, 아토피…. 하나씩 해결해야겠지만, 일단은 쉬어보는 건 어떨까?"

학기 초에 실시한 정서행동특성검사 결과, 불안과 우울 지표가 높게 나타난 연준이는 정기적으로 위클래스 선생님과 상담을 진행하고 있다.

상담을 마친 위클래스 선생님은 연준이의 부모님을 급히 찾았다. 다음날 학교로 찾아온 연준이의 엄마에게 위클래스 선생님은 굳은 표정으로 말을 건넸다.

"어머님, 요즘 연준이와 이야기를 나눠보셨나요?"

"네, 매일 스케줄 관리하고 그러죠."

"어머니, 연준이는 지금 상황을 견디기 힘들어합니다."

"다들 그 정도는 다니고 하는데요. 뭘."

"연준이의 우울증과 불안정한 생활, 언제 무너질지 모릅니다. 휴식과 안정이 꼭 필요한 상황입니다."

"당장 학원 스케줄 조정도 어렵고, 어렵게 잡은 학원 수업이라 길게 쉴 여유가 없을 것 같은데…. 얼마나 쉬면 될까요?"

엄마의 말을 듣던 위클래스 선생님은 더욱 단호하게 이야기했다.

"연준이 어머님, 이대로 가다간 연준이가 자기 자신을 잃게 될 수도 있어요. 연준이의 정서행동특성검사 결과를 간과하면 안 됩니다. 무엇보다 연준이의 얼굴을 보고 연준이의 이야기를 들어주세요."

어느 정도 휴식을 취해야 하는지는 중요하지 않았다. 연준이의 마음을 들여다볼 수 있는 충분한 시간이 필요함을 위클래스 선생님은 계속해서 강조했다.

연준이의 상황이 이렇게 심각한지 몰랐다. 결과지를 받은 연준이 엄마 손이 작게 떨린다. 학교에서 상담을 시작해야 한다는 연락을 받았을 때도 새 학년 적응기만 지나면 괜찮을 거라 생각했다. 연준이는 아무 내색도 하지 않고 아무것도 전해 주지 않았으니깐. 아토피도 시간이 지나면 나을 거라고 가볍게 생각한 자신이 부끄러웠다.

며칠을 고민하던 엄마는 구미에 사는 연준이 이모에게 전화를 걸었다.

"언니, 우리 연준이가 요즘 너무 힘들어해. 우울증도 있고, 아토피가 심해져서 잠을 통 못 자. 학교를 잠시 쉬어야 할 거 같아. 병원보다는 조용한 시골에서 함께 지내고 싶은데…."

말을 다 맺지 못하고 엄마는 울음을 터트리고 말았다.

"아고, 우짜노. 이게 무슨 일이고. 있어보자. 니, 혹시 구미 도개면에 모례마을 아나? 신라불교문화전시관이 들어오면서 다양한 체험도 하고, 전통 가옥에서 숙박도 하는데 마을도 조용하고 해서 휴양하기 좋다하대."

연준이에게 뭐라도 당장 해주고 싶었던 부모님은 '모례마을'을 검색해 보고 전통 가옥 숙박도 알아봤다. 이미 6월은 예약이 가득 차 있었다. 다음 달은 꼭 가겠다고 연준이 엄마는 예약 시간을 알림으로 설정했다.

7월 1일 예약 시스템이 열리는 시간, 연준이 엄마의 간절한 클릭이 성공했다. 하지만 연준이 마음은 열지 못했다.

'아, 가기 싫다는데 이 더운 여름에 웬 가족 여행이야? 시골이라 모기도 많을 텐데…. 진짜 짜증 나.'

차를 타고 가면서도 내내 연준이의 속마음은 이번 여행에 대한 불만이 가득했다. 달리는 차가 고속도로를 벗어나 시골길로 접어들었다. 창문 밖에는 하늘을 뚫을 기세로 늘씬하게 서 있는 푸른 나무들이 점점 많아졌다. 풍경을 바라보던 연준이의 얼굴에서 짜증이 사라지고 표정이 부드러워졌다.

'뭐, 풍경이 예쁘긴 하네.'

그 뒤로도 한참을 더 달려 모례마을에 도착한 연준이네

가족은 곧장 숙소에 짐을 풀었다. 오랜 여행에 지친 연준이는 쉬고 싶었지만 마을을 둘러보자는 부모님의 손에 이끌려 마을을 둘러보러 나가야 했다.

꿈을 찾는 여정의 첫걸음을 내딛다

모례마을은 정갈하고 아담했다. 마을에 줄줄이 늘어선 초가집과 기와집들을 보니 마치 역사드라마 속 과거시대로 들어선 것 같았다.

곳곳에선 놀러 온 아이들이 투호놀이, 제기차기를 하고, 전통 의상을 입은 방문객들은 마을을 돌아다니며 사진을 찍었다. 마치 시간 여행이라도 하는 것 같았다. 어른들은 정자에 둘러앉아 시원한 바람을 맞으며 여유 있는 시간을 보내고 있었다.

연준이네 가족은 모례마을을 천천히 둘러본 뒤, 미리 알아봐 둔 해설 시간에 맞춰 신라불교초전지 기념관에 갔다. 기념관 입구에서 나이가 좀 있어 보이는 할아버지가 연준이네 가족을 반겼다.

가슴에 해설사라 적힌 명찰을 보여주며 '끌끌 할아버지'라 소개하셨다. 연준이는 끌끌 할아버지가 들려주는 역사 이야기를 들으며 기념관 안을 살폈다.

할아버지는 아도의 향 치료와 모례 장자와 모례정(우물) 이야기, 성국공주 이야기 등 많은 이야기를 들려주셨다. 역사 시험이라 생각하면 머리가 아픈데, 할아버지는 옛날이야기를 하듯이 하나씩 이야기 보따리를 풀어나가 연준이도 관심을 가지고 듣기 시작했다.

"아도는 향을 이용해 성국공주의 병을 치료해 주었어요."

그 말을 들은 연준이는 '향 치료로 병이 나았다고? 그럼 마음의 병도 치유되는 건가?'라는 생각을 했다. 깊이 생각에 잠겨있는 연준이를 보며 할아버지는 끌끌 웃었다.

'웃음소리가 참 특이하네. 끌끌 할아버지라? 재미있는 별명이야. 할아버지 웃음소리 은근히 중독성 있어.'

끌끌 할아버지의 웃음소리에 연준이는 자기도 모르게 입꼬리가 올라갔다.

기념관 안에서 해설을 마친 후, 밖으로 나와 향낭 만들기 체험관으로 옮겨 갔다. 복주머니에 여러 가지 향 재료를 섞어 넣어 자신만의 향기 주머니를 만드는 거라고 했다.

연준이는 준비된 한국 전통 향 재료들 중 자신의 마음에 드는 향을 찾고 싶어졌다. 안내에 따라 나무 숟가락에 재료를 하나씩 얹어 깊이 숨을 들이마시며 향을 맡았다. 손부채질을 하는 팔이 가벼워 보인다.

상쾌하고 달콤한 백단향, 달콤 매콤한 계피향, 달콤 시원한 향부자향, 어디선가 맡아본 듯한 마음을 편안하게 해주는 자단향….

연준은 그중에서 자단을 기본으로 해서 백단과 향부자를 조금씩 섞어서 향낭을 만들었다. 주머니를 흔들 때마다 은은하게 번지는 자단향과 어우러지는 향이 특히 마음에 들었다.

늘 바쁘게만 살던 연준이는 모레마을에서는 시간이 느리게 느껴졌다. 서울에서의 느림은 늘 불안했었다. 하지만 모레마을에서는 향과 함께 느리게 흐르는 시간에 가만히 몸을 맡겼다.

학원도 잊고 급할 것 하나 없이, 느림 속에서 오히려 마음이 편안해지니 연준은 신기하기만 했다. 하지만 편안함이 몸에 배지 않아 마음 한편으론 불안이 순간순간 고개를 들기도 했다.

"하, 여기는 새벽에 할 게 없네."

몹시 피곤한 일정에 금세 잘 것 같았는데, 낯선 잠자리 때문인지 늦게 자는 버릇 탓인지 잠이 오지 않았다. 이리저리 뒤척이던 연준이가 선택한 건 결국 웹툰이었다. 휴대전화를 켜 웹툰 목록의 스크롤을 내렸다.

"이번 여행이 과연…."

좋아하는 웹툰을 보면서도 연준이는 지금의 여행을 편안히 즐길 수 없었다. 이번 여행에서 어떤 일이 일어날지도 모른 채, 근심의 늪에서 헤어 나오지 못했다.

웹툰은 연준이에게 유일한 취미이자 자유 그 자체다. 또한 이루지 못한 꿈이기도 했다. 이제는 웹툰을 보면서도 온전히 즐길 수 없게 되었다. 재미가 없어서가 아니었다. 웹툰 작가들처럼 자유롭게 그림을 그리고 글을 쓰지 못하는 자신의 상황이 마음에 들지 않아서 체한 듯이 불편했다.

'나도 이런 웹툰을 그리고 싶다.'

스크롤을 내리는 연준의 손이 말하는 것 같다.

"엇!"

갑자기 폰이 멈추며 네트워크 연결 오류라고 떴다. 와이파이 단말기도 살펴보고 데이터를 켜봐도 소용없었다.

'왜 갑자기 안 되지? 뭐야? 인터넷 되는 곳 없나? 밖으로 나가서 찾아봐야겠다.'

연준이는 와이파이를 찾아 밖으로 나갔다. 모례마을의 밤은 너무나 캄캄했다. 고층 빌딩에 밤새 불을 밝히고 있는 서울의 밤과는 너무나 달랐다.

짙은 어둠 탓인지 밤하늘의 별들은 오히려 선명한 빛으로 밝았다. 그리고 아이슬란드에나 있을 법한 신비로운 오로라가 길게 하늘을 가로지르다가 사라졌다.

'아, 뭐지? 잘못 봤나? 오로라가 있을 리가 없지.'

연준이에게는 시골 밤하늘의 별빛도 신기했지만 다시 문제 해결에 집중하기로 했다.

'왜 이렇게 어두워? 아무 것도 안 보이네.'

연준이는 휴대폰 플래시를 켜고 툴툴거리며 길을 따라 걸었다. 그제서야 통화가 안 된다고 표시되어 있는 걸 발견했다. 전파탐지기처럼 휴대폰을 이리저리 내밀면서 동네를 한참 돌아다녔다.

"아아아아아악! 뭐야?"

검은 그림자에 놀란 연준이는 미끄러져 엉덩방아를 찧었다. 조심스럽게 검은 그림자 쪽으로 플래시를 비춰보았다.

불빛에 드러난 것은 낮에 만났던 해설사 할아버지였다. 할아버지는 귀신처럼 가만히 서서 연준이를 내려다보았다. 그러고는 밤에도 어김없이 끌끌 웃으셨다. 모례정 앞에서 말이다.

"앗, 내 엉덩이, 아, 아파, 할아버지는 이 밤에 왜 여기 계시는 거예요?"

엉덩이에 묻은 흙을 털며 일어서려던 연준이는 통증에 휘청거렸다.

"괜찮냐? 그러는 너는 이 시간에 왜 돌아다니는 게야?"

끌끌 할아버지가 연준이의 손을 잡아 일으켜 세우며 되물었다.

"잠도 안 오고 심심해서요. 와이파이가 안 돼서 웹툰을 못 봐요."

"잠이 안 올수록 마음을 편안하게 하고 누워서 잠을 청해야지. 이렇게 돌아댕기면 쓰나?"

"웹툰 보는 게 제 유일한 즐거움이에요. 전 그걸 봐야 마음이 편해져요. 웹툰을 보다 보면 등나무에 베베 꼬여있는 칡덩굴처럼 어지럽던 제 뇌가 느슨하게 풀리는 것 같거든요."

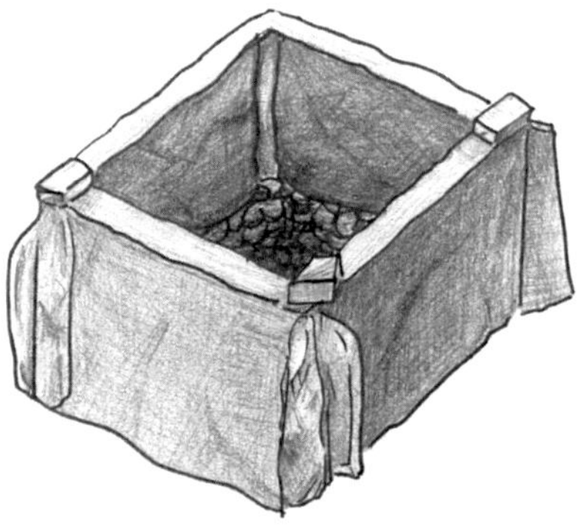

"그래? 웹툰이라는 것이 네게는 마음의 약이구나. 아이고, 근데 이를 어쩐다? 너를 도울 수가 없겠는데…. 좀 전에 하늘에 빛이 반짝이다 사라졌거든."

"네? 저도 오다가 보긴 했는데…. 순식간이어서 잘못 본

줄 알았는데…. 근데, 그거랑 와이파이랑 무슨 상관이 있어요?”

“이 마을에는 한 번씩 그 신비의 붉은 빛이 하늘에 스치고 나면 그날 밤은 텔레비전이고 라디오고 할 거 없이 기계들이 먹통이 된단다.”

“그래서 지금 와이파이도 안 된다고요? 언제까지 기다려야 하는데요?”

“내일 아침이면 될 거야. 이런, 밤이 많이 깊었군….”

끌끌 할아버지는 끝말을 흐리며 끌끌 웃더니 향 단지를 모례정 위에 올려놓고 불을 피웠다. 연준이는 의아한 표정으로 향이 피어오르는 대로 눈길이 따라갔다.

“향은 왜 피우는 거예요? 할아버지.

할아버지는 대답하지 않았다. 연준이가 고개를 돌려 할아버지를 찾아봐도 끌끌 할아버지는 보이지 않았다. 방금까지 향을 피웠던 할아버지는 순식간에 사라지고 없었다. 붉은 빛 이야기며 향을 피우며 끌끌 웃는 모습도 연준이에게는 모든 것이 귀신에 홀린 듯했다.

모례정 위로 향이 끝도 없이 피어올랐다. 점점 짙어지는 향에 취해 연준이는 정신이 몽롱해졌다. 향 연기는 뿌연 빛깔로 동그라미를 그리다 이내 밤바람에 섞여 사라졌다.

푸르른 칡순처럼 자라나다

향내에 취한 연준은 마치 무언가에 홀린 듯한 모습으로 비틀거리며 모례정에 다가갔다. 낯설고 어두운 곳에 혼자 있는데도 무섭지도 않았다. 오히려 지금까지 보지 못한 광경에 넋이 나간 얼굴로 우물 안을 들여다보았다.

얼마나 지났을까. 한참 우물 안을 들여다본 연준이 고개를 들었다. 어둡고 습한 여름밤 공기는 온데간데없고 쨍쨍한 햇살이 내리쬐고 있었다. 남색 겨울과 따사로운 여름 사이 그 어디 즈음 같은 신비로운 곳이었다.

푸른 하늘에 콧잔등이 시려 정신이 든 연준은 모례정을 떠나 발길 닿는 대로 걸었다. 이상하게도 낮에 있던 이정표가 보이지 않았다.

한참을 길을 따라 걷다 보니 고풍스러운 기와집들이 늘어선 곳이 나타났다. 가장 커다란 기와집 앞에 선 연준은 한국화 풍경 속 하나처럼 그곳과 어우러졌다.

밤낮으로 뛰어다니던 서울 학원가에서는 볼 수 없는 풍경이었다. 싱그러운 풀냄새며 미세먼지라고는 찾아볼 수 없는 맑은 공기며. 연준은 이것만으로도 숨통이 조금 트이는 것 같았다. 그 틈 사이로, 오랫동안 묻어뒀던 잊어버린 감정들이 하나둘 피어올랐다.

스스스스스.

대숲에서 불어오는 푸른 바람에 힘들고 짜증스런 감정을 실어 보냈다. 멀리서 이런 연준을 바라보는 사내가 있었다. 사극 드라마 촬영지라면 딱 어울릴 만한 갓을 쓴 사내가 천천히 다가오더니 연준에게 말을 걸었다.

"뉘시오? 남의 집 마당에서 어쩐 일이오?"

어찌 된 영문인지 설명할 순 없다. 연준이도 모르는 일이니깐. 수상할 만한 일이긴 하니 최선을 다해 상황을 설명했다.

"갑자기 길을 잃어 발길 닿는 대로 걷다가 그만…. 이곳

풍경이 너무 아름다워 들어오게 되었습니다. 여기가 어디죠?"

연준이는 오히려 되물었다.

"보아하니 옷도 이방인 차림에 흥미롭구나."

"이방인? 뭐, 어떻게 보면 그런 셈이죠. 아저씨는 누구세요?"

"모례 장자라고 부른단다."

모례. 이름이 낯설지 않다. 생각하던 연준이는 낮에 해설사 할아버지가 해준 이야기가 떠올랐다.

'신라시대의 모례 장자라고?'

연준이 고민하는 사이에 어색한 침묵이 둘 사이에 흘렀다. 신라시대의 모례 장자라면 아도화상을 집에 숨겨줬던 분이다. 연준은 아도화상도 궁금해져 이를 넌지시 물었다.

"이 넓은 집에 아저씨 혼자 사시는 거예요?"

연준의 말에 잠시 뜸을 들이던 모례 장자는 이내 집 쪽을 한 번, 연준을 한 번 바라본다.

"아도란 사람과 같이 살고 있었는데 얼마 전 어디론가 떠났단다."

"왜 떠난 건가요?"

"그건 잘 모르겠다. 다만, 그자가 떠나면서 일러두길, 우리 집으로 칡순이 뻗어 나올 테니 그 가지를 따라오라고 해서 나는 그리로 가는 중이었네."

끌끌 할아버지가 해주셨던 이야기가 그대로 연준의 눈앞에서 살아 숨쉬는 중이었다.

'어쩌면 신라에 불교를 전한 고구려의 승려, 얼굴이 검었다는 그 아도화상을 정말로 만나 볼 수 있지 않을까?'

연준이는 모처럼 흥미를 느낀 역사이야기를 따라가고 싶었다. 신라시대 이야기 속에 자신이 함께하고 있다는 생각에 흥분된 연준이는

"혹시, 저도 따라갈 수 있을까요?"

모례 장자는 잠시 망설이는 낯빛이었지만 연준의 간절한 눈빛에 항복하는 듯했다.

"좋다. 아도의 가르침을 자네는 배우고 싶은 게구나. 그렇다면 아도도 좋아할 것이야."

모례 장자는 여정에 함께 하는 것을 기꺼이 승낙했다.

모례 장자 집 문턱에는 정말로 칡순이 발을 살포시 내딛

고 있었다. 군데군데 보랏빛 방울을 단 칡은 얼기설기 뒤엉켜 있었다.

그 칡순이 얼마나 길던지 이윽고 냉산에 다다랐다. 냉산을 오르는 도중에도 힘들지가 않다는 듯이 연준은 연신 생글거렸다. 연준은 이 모험이 좋았다. 차가운 흙바닥에서 피어오르는 흙냄새까지도.

한참을 칡을 따라 걸어가다 보니, 어느새 울창하게 자란 나무들이 하늘을 가릴 만큼 깊은 산속에 들어섰다. 잔가지 사이로 비치는 햇빛이 점점 붉어졌다.

연준은 잠시 멈춰 하늘로 손바닥을 올려 손가락 사이사이를 비집고 나오는 빛줄기들을 바라보았다. 너무 아름다워 황홀경에 빠진 연준은, 이 산에서 보이는 그림 같은 풍경을 작은 캔버스에 담고 싶다는 생각을 했다.

그러나 그 생각도 잠시, 산너머로 점점 사라지고 있는 해를 보고만 있자니 연준은 돌연 소름이 돋았다. 이대로라면 곧 해는 산 뒤로 자취를 감출 터이고, 멧돼지나 호랑이 같은 산짐승과 마주칠 수도 있고 어두운 밤길을 걷다가 자칫 미끄러져 절벽으로 떨어질지도 모른다.

연준은 길어져만 가는 그림자를 불안한 눈빛으로 바라보았다. 별안간 연준의 옆에서 줄곧 나던 발소리가 뚝 하고 끊겼다. 뒤돌아보니 모레 장자의 얼굴에 옅은 미소가 번졌다.

"여기 보렴. 덩굴이 여기서 끝났어."

그러고 보니, 매번 그들을 앞장서 있던 칡덩굴이 두 사람의 발꿈치 저만치 뒤에 있는 것이었다.

연준이는 어리둥절하며 주변을 돌아봤다. 어디선가 불어오는 서늘한 바람에 별안간 눈물이 핑 돌았다. 눈물로 흔들리는 시야 끝에는 동굴이 있었다.

동굴 앞에는 구불거리는 소나무 두 그루가 마치 장승처럼 동굴 앞을 에워싸고 있었다. 그 커다란 소나무 가지들 탓에 동굴 안은 잘 보이지 않았지만 칠흑 같은 어둠인 것이 틀림없었다.

연준은 흥미롭게 여정을 시작했지만, 동굴 앞에 서니 땀이 흥건해진 손을 움켜쥐며 자꾸만 뒷걸음질치게 되었다.

아도화상의 가르침을 받다

검은 동굴 속만 쳐다보며 들어서지 못하고 망설이던 연준의 얼굴이 순간 빛났다. 연준은 동굴 속에서 무엇을 마주하든 지금까지의 삶보다는 나을 거라는 생각이 불쑥 들었다. 연준의 삶은 시커먼 동굴보다 더 어둡고 답답했는지도 모른다.

"어서 들어가 보자."

모래 장자 말에 따라 연준은 숨을 한번 깊게 들이마시고는 동굴 들머리에 발을 내디뎠다.

운동화를 신은 연준이의 발소리는 동굴 벽에 부딪혀 타박타박하고 크게 울렸다. 적막하고 어두웠다. 동굴 속을 비추던 붉은 햇빛이 가늘어질수록 연준이의 불안은 점점 커져갔다.

동굴의 끝에 다다르자 너른 바위에 앉아 있는 사람의 형상이 보였다. 그 모습을 보고 모레 장자가 말했다.

“저 분이 아도화상이시다.”

멀리서 본 아도는 키가 크고 체격이 좋아 보였다. 모레 장자는 아도를 보자 한달음에 달려가 인사를 나누며 기뻐했다. 이와 달리, 동굴 안에서 내내 두려움에 떨며 걷다가 처음 보는 아도에게 쉽게 다가가기엔 연준이는 망설여졌다.

연준이가 뒤에서 머뭇거리며 서 있자, 모레 장자는 연준이의 어깨를 잡고 아도 쪽으로 돌려세우며 소개를 했다.

“여기 오는 길에 우연히 만난 아이입니다. 아주 먼 곳에서 온 것 같은데, 당신의 이야기를 해주니 같이 가게 해달라고 간곡히 부탁하여 데려왔습니다.”

이 모든 상황이 어색한 연준이는 작은 목소리로 아도에게 인사했다.

“안녕하세요.”

아도는 연준이를 살짝 내려다보았다. 연준이는 그 차분하고 꿰뚫어보는 듯한 눈빛에 저도 모르게 아도를 빤히 쳐다보았다.

절에서 봤던 조각상과 조금 닮은 것 같기도 했다. 아도는 부드러운 표정과 말투로 연준이에게 말을 건넸다.

"그래, 네가 연준이구나. 물어보고 싶은 것이 있는 것이냐?"

연준이는 흠칫 놀랐다. 아도는 연준이의 표정만 보고도 뭔가 하고 싶은 말이 있는지 알았나 보다.

그러나 오랫동안 마음속에만 갖고 있었던 말을 남에게 털어놓자니 연준이는 입이 잘 떨어지지 않았다.

늘 하고 싶었던 일. 그러나 공부와 부모님의 반대에 밀려 하지 못했던 일. 아무에게도 하소연할 수 없었던 자신의 상황. 이 모든 걸 털어놓고 어찌할지 물어보고 싶었다.

하지만 과연 옛날 옛적의 사람이 자신의 마음을 이해해줄 수 있을까 하는 의심도 들었다.

"힘든 일이라면 천천히 말해도 좋다."

연준이가 망설이는 사이에 아도가 먼저 말을 건넸다. 그 말에 오히려, 연준이는 마음이 놓였다. 무슨 일이든 항상 빨리하라는 이야기만 들어왔던 연준이에게 큰 위로가 되는 말이었다. 연준이는 아도를 향해 조심스럽게 입을 열었다.

"아도스님은 불교를 반대하는 신라에 불교를 전하러 오셨지요? 저도 아도스님과 마찬가지로 늘 하고 싶었지만 부모님의 반대로 하지 못했던 일이 있어요. 어떻게 하면 그 일을 할 수 있을까요?"

아도는 연준이의 말을 듣고 고개를 끄덕이며 말했다.

"하고자 하는 일이 있는데 부모님 때문에 못하고 있다고?"

"네."

"그럼 네 간절한 마음을 부모님께 진심으로 말해 본 적이 있느냐?"

이 말에 연준이의 얼굴이 붉게 달아올랐다. 자신의 마음을 몰라주는 부모님께 무작정 화를 내거나 마음을 닫았던 자신의 모습이 떠올랐다.

"아뇨, 말씀드려본 적 없어요. 뭐든 공부만 강조하셔서 저에 대해선 성적 말고는 관심도 없고 말해봐야 소용없다고 생각했거든요."

"네가 얼마나 그 일이 하고 싶은지에 대해 부모님께 구체적으로 말씀드리면 너의 진심을 알아주실 거다."

옆에서 듣고 있던 모래 장자도 아도의 말을 거들었다.

'어쩌면 갑자기 시작된 고된 학교생활과 새벽까지 이어진 학원 일정에 지쳐 스스로를 마음속에 가둔 것은 나였을지도 몰라. 새벽마다 울었던 나에게 누군가 먼저 손을 내밀어 그 슬픔 속에서 꺼내주기를 바랐던 것 같아.'

모래 장자와 아도의 격려를 듣자 연준이는 그들에게 감사의 미소를 보였다. 미소 짓는 연준을 보자 아도와 모래 장자의 마음도 따뜻해졌다.

"부모님께 제가 그림 그리는 걸 좋아한다는 걸 말씀드리고 싶어요. 어떤 반응을 보이시더라도 말이지요. 저는 이만 가봐야겠어요."

연준은 모래와 아도에게 인사를 하고 왔던 길을 되돌아가기로 했다.

마음이 홀가분해서일까? 냉산을 내려오는 험난한 길에서도 연준이의 발걸음은 날개가 달린 듯 가벼웠다. 모래 장자와 아도는 부드러운 미소를 지으며 그 모습을 바라보았다.

머릿속 고민이 사라지자 단풍 지는 가을 산의 아름다운 풍경도 더 눈에 잘 들어오는 듯했다.

연준이는 그림을 그리는 자신의 모습을 상상하며 가파른 산길을 단숨에 뛰어 내려갔다.

산자락의 끝, 마을 들목이 보이는 곳에 이르렀다. 행복한 상상에 빠져 있는 연준이의 귀에 난데없는 여자 울음소리가 들려왔다. 세상 서럽게 흐느끼는 소리에 연준이는 발걸음을 멈추고, 소리가 나는 쪽으로 돌아보았다.

성국 공주의 짙은 기억을 그리다

어깨를 들썩이며 흐느끼고 있는 여인의 뒷모습이 보인다. 그 모습을 보자 새벽마다 이불 속에서 울던 자신이 떠올랐다. 그래서일까, 연준은 그냥 지나칠 수 없었다.

연준이의 마음을 낫게 해준 아도화상과 모례 장자는 하늘이 내려준 선물 같았다. 연준이도 그 여인에게 나타나 선물 같은 위로가 되어주고 싶었다.

하지만 어떻게 위로해야 할지 몰랐다. 연준이는 평소 친구를 위로해 본 적도, 위로받아 본 적도 없었기 때문이다. 그런 연준은 자신이 잘 할 수 있는 게 뭘까 고민했다. 머릿속에 번쩍 스치는 한 생각.

'그림! 저 여인을 그리며 이야기를 나눠볼까?'

그림만은 자신 있었지만 도구가 마땅찮아서 고민이 되었다.

'종이도 연필도 없는 이곳에서 저 여인을 어떻게 그릴 수 있을까? 나뭇가지로 땅에 여인을 그려볼까?'

고민하고 고민했다. 그러다 연준이는 역사 시간에 본 동굴벽화가 떠올랐다. 연준이는 벽에 그림을 그릴 방법을 떠올리며 여인의 곁으로 한발 다가가 어렵게 말을 걸었다.

"저…. 안녕…하…세요?"

돌아서는 여인의 표정이 너무나 어두워 말문이 막혔다.

혼자 쪼그려 앉아 서늘한 가을바람을 맞으며 하나, 둘, 떨어지는 단풍잎을 바라보는 여인의 눈동자엔 생기가 없었다. 축쳐진 어깨가 금방이라도 다시 요동칠 것만 같았다.

"누구시죠?"

뭐라고 해야 할지 당황한 연준이 입에선 의외의 답이 나왔다.

"아…. 저는 화가입니다. 당신을 그림에 담고 싶은데, 그려도 될까요?"

"그림이요?"

"네. 당신을 그려 선물하고 싶어서요."

평소에 부끄러움이 많은 연준이가 다른 사람에게 먼저 말을 걸다니, 달라진 연준이 모습이 스스로도 놀라웠다.

부끄러움은 잠시였다. 연준이는 자신을 화가라 소개하고 그림으로 위로를 하고 싶다고 생각하자 뭐든 자신있게 말할 수 있었다.

"아…."

여인은 옅은 미소를 띄우다가 다시금 돌아앉았다. 연준이는 용기를 내 다시 물었다.

"여기 모례마을에 사는 분은 아니신 것 같은데, 무슨 일로 여기 계신 건가요?"

"아버지가 여기서 좀 쉬다 오라고 하셨어요."

"저랑 같네요. 저도 가족들과 여기 쉬러 왔어요. 제 마음을 치유할 겸 해서요."

자신의 아픔을 먼저 내비친 연준이에게 여인은 마음을 열고 좀 더 가까이 다가앉아 이야기를 나눴다.

연준이는 자신이 하고 싶은 일을 못하고 마음에만 묻어뒀던 과거 이야기와 지금은 그걸 해보려고 한다고 여인에게 말했다.

가만히 이야기를 듣던 여인은 자신은 신라의 성국공주라고 소개했다. 치료되지 않는 병 때문에 이곳에 왔다고 전하며 자신의 아픔에 대해 말을 이어갔다.

"음…. 정말 사랑하는 사람이 있었어요. 제가 일반 복장을 하고 몰래 성 밖을 나갔던 날이 우리의 첫 만남이었어요. 공주라는 걸 모르고 만난 그분은 진심으로 저를 대해 줬어요. 궁궐에서는 제가 아니라 공주의 옷이 대접을 받는다는 생각을 했거든요. 그 사람을 만나며 사랑하는 사람이 있다는 건 하루하루가 행복한 일이라는 걸 알았어요. 하지만, 아버지가 이 사실을 알게 되고는 외출을 막고 교제를 강력히 반대하셨어요."

이야기에 빠져 있던 연준이가 물었다.

"아버지께서 왜 반대를 하셨어요?"

"공주인 저는 정혼자와 결혼해야 했으니깐요. 저는 사랑을 포기할 수 없어서 밥도 먹지 않고 아버지를 설득했지만…."

다시 눈물을 글썽이는 공주의 얼굴이 못다 한 말을 대신 전하고 있었다.

"아, 이별을 하셨군요. 그런 힘든 일을 겪으셨군요."

공주는 자신의 마음을 알아주는 연준을 바라보며 말을 이어갔다.

"궁궐에서만 살다 보니 저는 친구도 없구요. 항상 공주의 품위를 지켜야 하는 것도 너무 힘들어요. 힘들어도 힘들다고 말할 곳도 없답니다. 경치 좋은 곳에서 마음을 달래보려고 여기에 왔지만 달라지는 건 없는 것 같아요."

공주가 너무 안쓰러워 연준이는 제안을 했다.

"공주님, 지금은 제가 친구가 되어드릴게요. 그리고 공주님을 위해 그림을 그려드리고 싶어요. 저 이래 봬도 그림 하나는 정말 자신 있어요."

"정말요? 그럼, 그려주세요. 저는 여기에 앉아 있으면 되나요?"

"네, 그대로 앉아 계시기만 하면 돼요."

연준이는 주변에 있던 뾰족한 돌을 구해 벽에 공주를 그렸다. 마무리를 하고는 흡족한 표정으로 공주를 바라보았다.

"공주님! 다 되었어요. 여기 보세요."

"뭐죠? 이… 이게 저라구요?"

공주는 자신의 그림이 마음에 들지 않았다. 분명 자신의 모습이 맞지만, 생기 없는 표정에 무엇인가 부족해 보였다.

"여기서 잠깐 기다려보세요."

공주는 연준이를 두고 어디론가 사라졌다. 잠시 후 돌아온 공주의 손에는 형형색색의 예쁜 꽃들이 들려있었다.

"우와 이게 다 뭐예요?"

알록달록한 꽃을 보며 신기해하는 연준이가 물었다.

"이 꽃은 석산화라고 합니다. 석산화는 초가을에 피는 붉은 색 꽃인데 꽃말이 이루어질 수 없는 사랑이래요. 석산화는 색도 예쁘지만, 특히 저 꽃말이 제게 많이 와 닿아서 전 이 꽃을 가장 좋아해요. 또 이 꽃은 물봉선인데, 꽃말이 '나를 건드리지 마시오.'랍니다. 꽃도 스스로를 지킬 수가 있네요. 저보다 나은 것 같아요."

"우와, 꽃에 대해 잘 아시네요. 이 꽃을 이용해 그림을 마무리 지어볼까요?"

연준이는 꽃에 대해 막힘없이 술술 설명하는 공주를 보고 감탄하였다. 그리곤 붉은 석산화와 소나무의 송진을 이용하여 벽에 그려진 공주의 입술에 생기를 불어넣어 주었다.

꽃으로 그림을 꾸미는 연준이를 보던 공주는 물봉선을 가져다 벽 그림의 귀에다 붙였다. 꽃 색으로 채색하고 장식도 하고 나니 밝고 빛나는 공주의 모습이 되었다.

"어머, 정말 예뻐요. 그림처럼 밝은 모습으로 살고 싶어지네요."

공주는 벽에 그려진 자신을 자꾸만 쓰다듬으며 말을 이었다.

"그림 덕분에 기분이 한결 좋아졌어요. 제가 이렇게 생겼군요. 이렇게 웃고 있군요. 고맙습니다."

"공주님이 웃으시니 오히려 제가 더 기분이 좋은걸요? 하하."

함께 웃던 공주가 갑자기 인상을 찡그렸다.

"아! 머리가…. 깨어질 듯해요. 오랫동안 두통을 앓아왔어요. 미안해요. 좋은 그림까지 받았는데…."

공주는 미안한 눈빛을 남기고 몸을 눕히기 위해 숙소로 들어갔다. 한번 누우면 며칠씩 몸을 가누지 못한다는 걸 시녀를 통해 전해 들은 연준이는 성국 공주가 걱정되었다. 방법이 없을까 고민하던 순간 아도가 향 치료로 병을 낫게 했다던 말이 떠올랐다.

그길로 연준이는 아도가 있던 동굴로 다시 뛰어갔다. 동굴 밖에서 다급히 소리쳤다.

"빨리 나와보세요. 아도님의 치료가 필요해요."

아도가 놀라 되물었다.

"내가 무엇을 어떻게 치료한단 말이냐?"

"성국공주님이 아프세요. 어떤 의원도 낫게 하지 못한다고 하는데…. 아도님은 다른 나라에서 오셨으니 뭔가 신기한 걸 할 수 있을 것 같아서요."

옆에서 듣고 있던 모례가 말했다.

"자네의 향 치료를 해보면 어떻겠나?"

"아닐세. 불교를 받아들이지 않는 신라의 왕실에서 내가 하는 치료법을 받아들일 리 없지 않나. 이 땅에서 죽어간 승려들이 얼마나 많은가."

"그래도 아픈 사람은 살려야지요."

간곡한 연준이의 말에 마음이 흔들렸다. 연준이는 모례와 함께 아도를 설득해서 공주의 거처로 찾아갔다.

힘겹게 누워있는 공주 옆을 내내 지키던 왕이 말했다.

"공주의 병을 낫게 해주는 자가 있다면 그가 원하는 모든 것을 들어주겠다."

그러자 연준이는 아도에게 부탁하였다.

"아도님, 꼭 공주를 낫게 해주세요."

"제가 향으로 치료를 해보겠습니다. 향을 준비해 주시겠습니까?"

왕이 흠칫 놀라며 물었다.

"향이라면 중국 사신에게 받은 게 있지만, 그걸로 치료를 한다고? 그게 가능한 일이냐?"

"네, 제게 맡겨보시지요. 주변을 조용히 해야 하니 향만 들여보내 주시고 모두 나가계십시오."

신하가 이내 들고 온 향만 놓고 모두 밖으로 나왔다. 아도는 향에 불을 붙였다. 은은한 향기가 서서히 방 안을 채웠다. 그러자 공주의 안색이 조금씩 밝아지기 시작했다.

문 앞을 지키던 연준은 방안에서 흘러나오는 자단향(향나무 향)을 맡았다.

그렇게 일주일 동안 향 치료를 받은 공주는 일주일쯤 지나자 밝고 의욕적인 모습으로 회복되었다. 공주의 차도를 보고 놀란 왕이 아도에게 물었다.

"그대가 원하는 게 무엇인가? 말해보게. 뭐든지 들어주겠다."

아도가 말하였다.

"신라에 불교를 전파하게 해주십시오."

"그래. 내가 약속을 했으니 그대의 소원을 들어 주겠네. 금지되었던 불교를 이제는 허락하겠네."

왕의 이야기를 듣고 있던 아도는 그동안 모례 장자 집에 숨어 살며 허드렛일을 하면서도 불교 전파를 위해 인내하던 지난 몇 년 동안의 시간이 주마등처럼 스쳐 지나갔다.

연준, 깨달음을 얻다

아도로부터 신라에 불교가 전해지기 시작하는 역사적인 장면을 흐뭇하게 바라보고 있던 연준은 갑자기 정신이 흐릿해졌다. 정신을 차리고 보니, 모례정 앞에 누워있는 게 아닌가. 하늘에는 다시 붉은 빛이 어른거리고 있었다.

'뭐야? 아도와 공주는 어디로 간 거지?'

주변을 두리번거리는 연준이에게 낮고 굵은 사내 목소리가 들렸다.

"아직 밤은 많이 남았단다. 아이야."

우물 쪽에서 소리가 나는 것 같았다. 우물 가까이 다가서자 향나무 냄새가 가득 차기 시작했다. 다시 향에 취한 연준이는 눈을 감았다. 눈을 감자 다시 어디론가 빨려 들어가는 기분이 들어 다시 눈을 떴다.

주변이 시끌시끌하고 부산스러웠다.

'여기가 어디지?'

주변을 살펴보니 눈 깜짝할 사이에 연준은 낯선 절 마당에 서 있었다.

"용성 스님, 일제의 침략으로 나라가 망한 이 마당에 저희는 뭘 하면 좋을까요?"

스님들이 무리 지어 용성 스님의 말씀을 청해 듣고자 했다. 연준이도 그 무리에 끼어 앉았다.

"다가오는 3월 1일에 대한독립선언을 하려고 하네. 민족대표로 만세운동을 할 걸세. 함께 만세운동에 참여하지 않겠나?"

'3 · 1운동이라고?'

연준이는 이번에는 3 · 1 운동이 일어난 1919년에 와있다는 걸 알게 되었다. 앞에 서 계신 분이 민족대표 백용성 스님이라는 사실에 소스라치게 놀랐다.

"그곳은 너무 위험합니다. 안 됩니다."

연준은 순간 소리를 지르고 말았다. 3 · 1 운동의 진정한 의미를 모르는 건 아니지만 수많은 사람들의 생명을 앗아간 사건이라서 연준에게는 너무 공포스러웠다.

"학생도 있었구만. 걱정말게나. 나 역시 오랜 고민 끝에 내린 결정이야."

"무섭지 않으세요? 일이 잘못되면…."

연준은 3 · 1운동의 결말을 말할 수도 없어 우물쭈물하며 걱정스러운 표정을 짓고 서 있었다.

"나라가 있어야 백성도 있는 법 아니겠는가. 나라 없는 게 난 더 무섭네."

그 말을 뒤로하고 용성은 종로로 향했다.

"스님, 스님, 저도 같이 따라가겠습니다."

연준은 걱정스러운 마음을 떨쳐내고 스님의 뒤를 따랐다.

3월 1일이 되자, 스님과 뜻을 같이 하는 사람들은 독립선언문을 준비하고 33명의 민족 대표를 뽑아 종로구 태화관에서 독립 선언식을 가졌다.

용성과 함께 불교계 대표로 참여한 한용운이 독립선언서를 낭독한 뒤 다 같이 외쳤다.

"대한 독립 만세"

연준도 함께 독립을 외치며 만세를 불렀다. 뜨거운 것이 가슴 속에서 차올랐다.

"대한 독립 만세!"

다 같이 독립을 외칠 때, 일본 경찰들이 들이닥쳤다. 미리 일본 경찰들에게 독립 선언 사실을 알리고 시작한 만세 운동이었다. 목숨을 구하기보다 감옥을 선택한 용성을 포함한 민족대표 33인[1]은 그렇게 일본 경찰에게 체포되어 바로 연행되었다.

연준은 용성의 결단력과 용기가 존경스러웠다. 좀 더 정확하게는 부러웠다. 상대방의 거절이 두려워 자신의 생각을 솔직하게 표현하는 것조차 망설이는 자신의 모습이 한없이 초라하게 느껴졌다.

갑자기 노래 소리가 들렸다.

---

1) 민족대표 33인 : 3 · 1운동 때 독립선언서와 독립통고서에 서명한 사람들

금오산 천년의 달이요
낙동강 만리의 물결이구나!
고깃배는 어디로 갔는가?
예전대로 갈대꽃밭에 머무는구나.

작게 들리던 노랫소리는 점점 커졌다. 소리를 따라 몇 걸음 내딛다 향나무 한 그루를 발견한다. 사람은 없는데 분명 향나무에서 노랫소리가 나고 있었다. 연준은 향나무 주변을 몇 바퀴 돌다가 향나무 잎을 만져보았다. 순간 찌릿한 전율이 연준의 몸을 관통하고 연준은 그 자리에 쓰러졌다.

얼마나 지났을까, 연준이 눈을 떴을 때는 해가 뜨기 전 어스름한 새벽이었다. 모례정 옆에 향나무가 보였다. 향나무를 보며 희미한 의식 속에서 깨우침의 한 마디를 내뱉었다.

"아, 이 향나무가 그때 그 향나무로구나."

모례정 뒤로 아도모례원이 보였다. 백용성 스님이 이곳 모례정에서 깨달음을 얻은 기념으로 심었다던 향나무가 모례정 앞에 있는 향나무라는 것을 설명하던 끌끌 할아버지가 떠올랐다.

'그럼, 그 노래는 백용성 스님이 금오산에서 깨달음을 얻고 낙동강을 건너며 지었다던 노래구나.'

독립선언서를 낭독하던 용성 스님을 떠올리며, 연준이도 스님과 같은 기개를 지녀야겠다고 향나무 아래에서 다짐했다. 소신 있게 자신이 할 일을 꿋꿋하게 해나가는 모습을 상상하며 향나무 아래에 누워 나무를 올려다보던 연준은 이내 잠이 들었다.

꽃 한 송이, 피어오르다

연준이 잠에서 깬 건 해가 뜬 직후였다. 코끝에 남은 알싸한 향 내음이 연준이의 눈을 간지럽혔다.

"어머, 연준아! 너 여기 누워있으면 어떡하니?"

아침 산책을 나온 연준이의 엄마가 연준이를 발견한 것이다. 엄마는 연준이의 팔을 잡아끌어 연준이를 일으켜 세웠다.

"어, 그런데 너 팔에 아토피 흉터 다 어디 갔어? 이게 어떻게 된 거니?"

연준의 팔은 깨끗한 속살이 돋아난 듯 깨끗했다.

"네?"

연준이는 놀란 엄마의 얼굴에서 자신의 팔로 시선을 옮겼다. 아침마다 벅벅 소리 날 정도로 긁어대 딱딱한 흉터 딱지

밭이었던 그 팔이 아니었다. 팔을 접었다 폈다, 돌려봐도 이전의 팔이 아니었다. 벌레가 기어다니 듯 불쾌하게 간질거리던 것도 전혀 느껴지지 않았다.

'그게 환상이 아니었나. 어떻게 된 일이지.'

해설사 할아버지가 피워둔 향에 이끌려 꿈속을 여행한 것만 같다. 하룻밤 사이에 연준이는 마음이 한결 가벼웠다. 생각이 정리된 느낌이었다. 어제 일어난 일들을 과학적으로 설명할 순 없지만 연준이는 생생하게 모든 것을 기억하고 있었다.

'어제 겪었던 것들은 다 뭘까?'

연준이는 모래정에서 시작된 일을 떠올리며 일어나 모래정 앞에 섰다.

"아."

모래정의 뚜껑은 닫혀있었다.

'어제는 열려 있었는데?'

의아해하며 모래정의 뚜껑을 열려는 순간, 뒤에서 누군가가 급하게 연준을 부르는 소리가 들렸다.

"야-야! 거를 드가면 어떠카노? 어이! 들어가지 말라꼬

저짜 팻말 있구만! 니는 안 비나?"

동네 미용실에서 한 듯한 뽀글뽀글한 머리, 그동안의 세월을 증명하는 듯한 자글자글한 주름, 꽃 무늬의 배바지까지…. 마을 터줏대감 같은 할머니는 걱정스러운 표정으로 연준이에게 얼른 나오라고 손짓했다.

"아이고, 이놈이 감기 걸릴라꼬 작정을 힜나! 옷이 이게 뭐꼬? 어! 뭐시 그리 급해가 옷도 그런 걸 입고 나와쓰? 몸도 삐쩍 곯았네! 내 구십 평생에 이래 마른 아는 첨본다이. 우선 밥부터 먹고 뭘 하든지 말든지 혀. 알겄냐?"

"네? 밥이요?"

몇 해 전 돌아가신 할머니가 생각났다. 할머니와의 전화 통화는 밥 묵었나로 시작해서 밥 잘 묵어라로 끝났다. 연준이는 돌아가신 할머니의 따뜻한 그 마음을 다시 받는 것 같았다. 처음 보는 할머니가 연준이에게 보여주는 그 따스함이 감사했다.

할머니의 손에 이끌려 도착한 곳에는 상추와 대파를 심어놓은 작은 텃밭과 나란히 줄 서 있는 크고 작은 장독대들이 어우러진 아담한 기와집이었다. 꿈같던 어제의 기억들 속

풍경이 바람에 실려 연준이의 눈앞에 불어왔다.

'와…. 지금도 이런 곳이 있구나.'

"뭘 그리 멍하게 있노. 어여, 앉아서 밥 무라."

어느새 눈앞에 차려진 밥상에 연준이는 혼란스러움도 잠시 잊고 허기짐에 수저를 들었다.

"남기지 말고 천천히 다 무라. 그래야 힘을 쓰지."

'얼마 만에 먹는 집밥인지….'

늘 먹던 라면, 편의점 도시락과는 비교가 되지 않는 맛이었다.

된장찌개의 구수함과 갓 지은 밥의 단내에 연준이의 가슴이 살짝 아려왔다. 배가 좀 부르고 나니 어제 일이 다시 생각났다.

"할머니, 원래 모레정에 뚜껑이 덮여있어요?"

"어, 문화재라꼬 보호한다 안 하나? 뚜껑은 만날 덮어놓고 있응께, 이젠 우물 아니제."

연준이가 겪었던 지난 밤의 여정은 뚜껑 덮힌 모레정 속 연준이만 아는 비밀 이야기로 간직하기로 했다.

"할머니. 그런데 연세가 아흔 살이신 거예요?"

"내 나이는 잘 모린다. 울 아덜들이 몇 해 전에 구십 생일 잔치는 해주더마."

"그럼, 할머니는 모레정에 있는 물 드셔보셨어요? 문화재 되기 전에는 우물로 썼다던데요."

"그때는 다 우물물을 묵고 살았다. 하루에도 몇 번씩 물을 길러 갔다아이가. 일찍 결혼해서 남편은 전쟁에 나가서 없고 혼자 얼라 업고 노상 물길러 다녔다. 나중에는 다 커서 혼자 물도 뜨러 가고 그랬는디, 남편은 소식도 없고 을매나 괴로웠는지 몰라. 물 길고 나면 곁에 향나무에 물 한 그릇 떠 두고 살아만 있어 달라고 빌곤 했다아이가. 글도 쓸 줄 모르고 읽지도 못하이 너무 답답했지만서도 그 마음으로

간절히 빌었제. 아직도 물 뜨던 두레박도 못 버리고 있어. 그 마음을 풀 곳도 없으니 좋든 싫든 죽어라 일만 했지. 나도 남들처럼 맛있는 것도 먹고 예쁘게 꾸미기도 하고 그러고 싶었는디. 이쁜 옷은 애들 입혀야지 내가 입으면 쓰나."

젊은 시절에는 더 씩씩하고 할 말 다 하고 살았을 것 같은 할머니가 담담하게 말하는 모습을 보니 연준이는 어쩐지 마음 한 켠이 저려 왔다. 연준이의 말을 들어주던 아도화상과 모례 장자처럼 연준이도 할머니의 말씀을 묵묵하게 들어주었다.

할머니는 한참을 할머니가 살아온 세상 이야기를 하다가 가만히 앉아 이야기를 듣는 연준이를 기특해하며 연준이 손을 잡았다.

"아이고, 너는 손도 참 곱네. 내 손은 볼 것도 없다."

"아니에요, 할머니. 제가 본 손 중에 제일 예뻐요. 그리고 지금부터 하고 싶은 거 다 하시고 먹고 싶은 거 다 드시고 사세요. 다음에 올 때는 제가 꼭 맛있는 거 사서 올게요."

"됐어, 이놈아. 지금은 마을에서 글도 배우고 화투도 치고 그림도 그린다."

"진짜요, 할머니? 저도 보여주세요!"

할머니가 들고 오신 스케치북 속에는 여러 가지 꽃들이 피어있었다. 그림을 열심히 설명하며 즐거워하시는 할머니를 보는 연준이의 얼굴에도 웃음이 피었다.

"할머니, 다음에 올 때는 색칠하는 그림책과 색연필 가져올게요. 저랑 같이 그림 그려요!"

"그래 주면 나야 고맙지. 어이구, 근데 벌써 시간이 이렇게 됐네. 엄마 기다리실 테니 더 어두워지기 전에 어여가 봐."

"네? 할머니… 조금만 더 있다 가면 안 돼요?"

"나도 이제 밭에 가 봐야혀. 김치찌개 맛있게 해놓고 기다릴 테니 그때 와."

"저 방학 시작하면 꼭 다시 올 거니까 건강하게 계셔야 해요. 약속이에요?"

"아이고, 알았어. 밥 잘 챙겨 먹고."

대문 밖을 나서는 연준이의 발걸음이 가벼웠다. 저 멀리서 연준이를 부르는 엄마의 목소리가 들렸다.

쌉싸름한 맛 뒤의 단맛을 맛보다

"연준아, 빨리 와. 이제 가야 해."

"네. 알겠어요."

연준이가 서둘러 엄마를 찾아가던 중 대문이 열리며 할머니의 다급한 목소리가 들렸다.

"연준아, 이거 가져가. 무면서 가라잉. 우리 아들이 사다 주고 간 거, 내가 애끼 먹던 기라."

할머니는 연준이의 손에 홍삼 캔디를 쥐어 주셨다. 할머니의 마음이 전해져서 가슴이 뭉클했다.

"감사합니다."

"그려. 얼렁 가."

창밖으로 보이는 연준이에게 할머니와 끌끌 할아버지가

손을 흔들고 계셨다. 연준이는 창문을 열고 소리쳤다.

"할머니! 할아버지! 안녕히 계세요."

할머니, 할아버지의 모습이 차가 달릴수록 점점 흐릿해지고 그 사이로 모례마을이라 적힌 비석이 선명하게 보였다. 그동안 겪었던 일들이 머릿속을 스쳤다.

'처음엔 왜 모례마을에 왔는지 의아했고 짜증났는데, 참 신비로운 곳이었어. 이전에는 다른 친구들과 어울리지 못하고 늘 혼자였던 내가 싫었어. 잘하고 좋아하는 것도 찾지 못했어. 하지만 꿈 같던 일들을 겪고 내가 무엇을 진정으로 원하고 그것을 위해 무얼 해야 하는지 이제 알 것 같아. 나와 같은 기분을 느끼고 있는 사람의 이야기를 들어주고 그들의 이야기를 웹툰으로 그려서 위로해 주고 싶어. 늘 그랬던 것처럼 피하지 않고 내가 하고 싶은 것을 당당하게 할 거야.'

연준이는 떨리는 마음으로 차근차근 말했다.

"엄마, 저 웹툰 그려 볼래요. 지금까지는 제가 원하는 것을 알지도 못한 채 학원 다니기에 시달리고 있었어요. 이제는 그러지 않을 거예요. 그림을 그리면 힘들었던 기억을 잊을 수 있어요. 다른 사람들에게 위로가 되는 글을 쓰고 그림을 그리고 싶어요. 그림 그리면서 시험 준비도 잘할게요, 엄마. 허락해 주시면 안 될까요?"

엄마는 연준이의 이야기를 담담히 듣고 있었다. 자신의 이야기를 차분하게 이어가는 연준이는 반짝반짝 빛이 나는 것만 같았다. 모례마을에 내려와 지내는 동안 연준이 엄마는 생각했다. 힘없이 처진 어깨와 초점 없는 눈빛으로 지내던 연준이를 이제 그대로 두고 싶지 않다고, 아토피로 고생하는 것도 마음 고생하는 흔적이라는 걸 알게 되었다. 어떻게 하면 연준이를 낫게 할 수 있을지 고민하던 엄마에게 너무나 반가운 말이었다.

"연준아, 자신이 하고 싶은 것이 무언지 스스로 찾은 것도 대단한데, 이렇게 자신 있게 꿈에 도전하겠다고 엄마에게 얘기하는 모습도 너무 대견하구나. 고맙다. 고마워. 엄마는 연준이의 꿈을 응원해."

마냥 어린아이인 줄만 알았던 아들이 이렇게 치열하게 성장하고 있었다고 생각하니 엄마는 지금까지 연준이를 억눌렀던 자신이 너무 부끄러웠다. 지금이라도 연준이가 원하는 것을 들어주고 싶었다.

연준이는 그동안 자신을 괴롭힌 것이 엄마도 아토피도 아닌 자기 자신이었다는 것을 깨달았다. 많이 돌아서 이 자리에 왔지만, 지난 시간을 후회하지는 않았다. 지금 이 순간에만 집중하고 자신이 할 일을 하기로 했다.

연준이는 주머니에서 할머니가 주신 홍삼 캔디를 꺼내 입에 넣었다. 쌉싸름한 맛 뒤에 번져오는 달콤함에 연준이의 입꼬리가 살며시 올라갔다.

모레마을을 보다

시간 여행에 몸을 싣는 법

인문여행가이드 박주연

여행 좀 다닌 사람들은 이제 더 이상 사진 찍기 좋은 곳만 찾아다니지 않는다. SNS에 자랑할 곳보다는 두고두고 사랑할 곳을 찾는 편이다. 머무르는 동안에도 본래 삶에 가깝게 생활하며, 그곳 사람들에게 스며들고, 이전에 살다 간 이들의 흔적을 탐색한다. 여행이 인생의 축소판임을 아는 까닭이다.

여기, 여행 좀 제대로 다닌 친구들이 있다. 아무래도 인생 2회차임이 분명한 이들은 여행 중의 여행이라 일컫는 시간 여행에 성공한 듯 보인다. 그들이 떠난 신라로의 여행은 너무도 순식간이라, 독자들은 책장을 넘기는 일이 곧 탑승권을 내미는 일이었음을 뒤늦게 깨닫고 만다.

뒤늦게야 알게 되는 것은 또 있다. 글 속 등장인물 연준이 몸과 마음의 부조화를 겪을 때 우리가 왜 그리 안쓰러워하는지, 연준이 떨리는 목소리로 꿈을 고백할 때 왜 우리가 먼저 용기를 내는지, 글을 다 읽고서야 고개를 끄덕이는 것이다. 의미 있는 여정이 대체로 그러하듯 이번 여행의 목적지도 결국은 자기 자신일 것이므로 연준의 가족여행을 따라나선 우리는 어느새 자신의 뒷모습을 쫓고 있는 셈이다. 따라서 진정 원하던 자아를 맞닥뜨리는 대목에서 우리가 저절로 응원하는 대상은 연준이뿐 아니라 글을 읽는 자신을 포함한다.

모레마을 이야기를 함께 써 내려간 모든 친구가 이 경험을 했을 줄로 안다. 한 편의 글을 완성하기까지 얼마나 헤매고 넘어지며, 그러면서도 웃고 일어났을지 눈에 선하다. 책 속 이야기만큼이나 재미있는 것이 책을 만들어내는 뒷이야기이므로, 일로 만난 사이이자 글로 만난 사이인 이들의 우정은 분명 다음 책을 만들어내리라 믿는다. 그러한 의미에서, 지역문화 이야기꾼이 된 이 친구들의 다음 여행지를 벌써 기대한다.

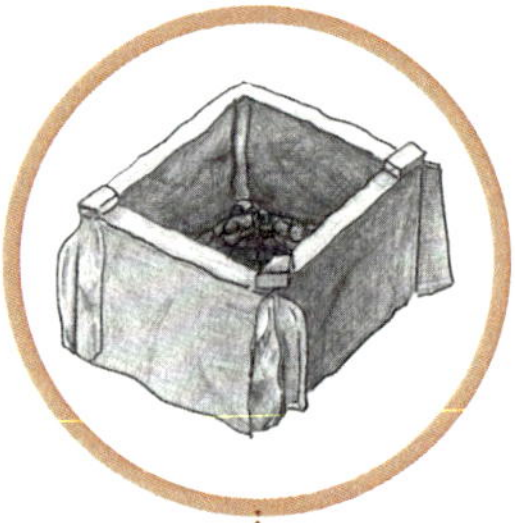

작품 속 역사 이야기 한 컷

https://silla.invil.org/index.html
(출처: 구미신라불교초전지마을)

모례정

신라불교초전기념관 들어가기 전 왼편에 모례의 우물이 향나무와 나란히 앉아 있다.

이 우물은 신라에 불교를 전하기 위해 고구려에 온 아도화상이 머물렀다는 모례 장자의 집에 있던 유적이다.

아도화상은 일선군(선산)의 큰 부자이던 모례 장자[2]의 집에 숨어 살며 포교 활동을 했다. 모례정은 도리사와 함께 신라불교의 성지이다.

---

2) 장자(長者): 큰 부자를 점잖게 이르는 말

보통 우물이 둥근 모습을 한 것에 비해 모례 가정은 직사각형의 돌을 우물 정(井)자 모양으로 짜고 밑바닥에 두꺼운 나무판자를 깐 것이 특징이다. 동네 어르신의 전하는 말로는 이 우물 맛이 어느 우물보다 맛이 좋았다고 한다.

모례와 아도

아도는 위나라 아굴마의 아들이며, 묵호자(墨胡子)라고도 한다. 신라 19대 눌지왕 때 19세의 나이로 어머니 고씨 도령의 명에 따라 신라에 불교를 전하기 위해 몰래 들어왔다.

묵호자라는 이름으로 지금의 구미시 도개면 도개리에 와서 모례(毛禮) 장자의 집에 굴을 파고 숨어서 살며 낮에는 소와 양을 기르는 목동이 되고, 밤에는 많은 사람을 모아 불법의 자비로운 진리를 강론하기를 3년 동안이나 계속하였다.

아도화상과 성국 공주 이야기

중국 양(梁)나라에서 신라 왕실에 향(香)을 예물로 보내왔으나 그 사용 방법을 몰라 걱정해 오던 중 나라에서 사자를 보내어 아도에게 물으니 "그것을 불에 태우면 향기가 그윽하여 신성(神聖)하기가 이를 데 없고 소원을 말하면 반드시 영험이 있는 법이다."라고 일러 주었다.

그때 나라에서는 성국공주가 큰 병이 들어 여러 의원을 불러 약을 써 보았으나 효험이 없어 날이 갈수록 병은 더 심해지고 있었다. 마지막으로 아도에게 치료를 청하여 아도가 향을 피우고 불공을 드린 지 얼마 아니하여 신통하게도 공주의 병이 완쾌되었다. 왕은 크게 기뻐하여 아도에게 큰 상을 내리고 천경림에 신라 최초의 사찰인 흥륜사를 짓게 하였다.

신라불교초전지 마을

신라불교초전지 마을은 그 이름만 봐도 역사적으로 알려진 동네란 것을 알 수 있다. 신라시대부터 그 이름의 유래가 지금까지 전해져 내려오고 있다.

구미 끝 마을, 구미의 오지이며 의성군 구천면과 군위군 소보면이 경계를 이루는 곳이다. 구미에서 25번 국도를 타고 30분 정도 달리면 우리나라의 전형적인 농촌 마을인 도개리와 도곡리에 닿게 된다. 남과 북을 가르며 흐르는 낙동강 덕에 땅은 더없이 비옥하고 일찍부터 농업기술이 발달했다.

옛날 소를 방목하면 3개 군 · 면의 풀을 모두 뜯어 먹는다고 하였다. 청화산과 냉산이 마을을 병풍처럼 둘러싸고 있고 마을 아래로는 낙동강이 눈앞에서 흘러가며 철새들이 겨울에 보금자리를 트는 곳으로도 유명하다.

신라불교가 처음으로 전래된 곳이라 불교와 관련된 유적지가 많다. 신라 눌지왕 때 아도화상이 모례의 집에서 굴을 파고 숨어 살며 경전을 강론한 것으로 전해지는 모례장자터와 통일신라시대 불교 성지인 도리사, 보천사 석조여래좌성 등이 모두 이 마을 중심으로 모여 있다.

독립운동가 백용성

백용성 조사(祖師 · 1864~1940)의 속명은 백상규(白相奎). 법호는 용성(龍城). 법명은 진종(震鍾).

백용성 조사는 일제강점기 불교계의 지도자로서 3 · 1운동 당시 민족대표로 참석한 승려이자 독립운동가이며, 경전 번역 등을 통하여 불교의 현대화와 대중화에 앞장섰다.

1919년 3 · 1운동 당시에는 한용운(韓龍雲)과 함께 민족대

표 33인 중 불교의 대표자로 참가하였다. 3년 동안 옥고를 치른 뒤 1921년 3월에 출옥하였다.

그 뒤 1926년 4월부터 1927년 10월까지 『화엄경』 80권을 한글로 번역하였다. 1925년에는 서울 대각사에 대각교(大覺教)를 창립하여 새로운 불교 운동과 국민 계몽 운동을 시작하였다.

그 뒤 만주 용정(龍井)에 가서 화과원(華果院)을 경영하는 한편, 그곳에 대각교당(大覺教堂)을 건립하고 선 사상을 포교하는 등 선농일치운동(禪農一致運動)을 전개하였다.

또한, 불교 포교의 일환으로 박한영(朴漢永)과 함께 불교 잡지인 『불일(佛日)』을 간행하였고, 일요일마다 법회를 여는 일요 학교를 개설하였다. 그리고 불교 의식과 염불을 완전히 우리말로 번역하여 집전하였고, 『찬불가(讚佛歌)』를 지어 부르도록 하였다.

[출처 : 한국민족문화대백과사전(진종(震鍾))]

꿈을 찾는 지역 스토리텔링 수업

행복한 나, 행복한 우리!

JTS 동아리 지도교사 권유미

JTS(Join Together Society)를 알게 된 건 2013년 휴직 중이었을 때다. 엄마로서 육아와 교사로서 참교육을 치열하게 고민하던 시기였다. '이념을 넘어서서, 뜻을 함께하는 이들이 모여 어려운 이웃을 돕자'는 JTS의 설립 취지가 공감되었다. 아이들의 행복을 위해 고민하던 중, 문득 '나는 얼마나 행복한가'를 묻게 되었다. 그리고 아이들이 살아갈 세상을 조금 더 안전하고 따뜻한 곳으로 만들어주고 싶었다. 나의 JTS 활동은 그렇게 시작되었다.

개인은 행복하고, 사회는 평화로우며, 자연은 아름다운 세상! 이런 세상을 꿈꾸며 기아 돕기 거리 모금을 시작했다.

나의 활동에 관심을 보이며 따라나선, 두 명의 아이들 덕분에 2015년 청소년JTS 동아리를 만들게 되었고, 기아 돕기, 평화 운동, 환경 실천 등의 활동을 8년째 이어가고 있다. 나의 활동보다 아이들의 활동이 또래들에게는 더 큰 자극과 울림이 되는 듯하다. 해를 거듭할수록 아이들이 늘어났다.

올해 운남중학교에 부임하면서 청소년JTS 신규 회원을 모집했고, 새로운 활동에 도전하게 되었다. 지역 탐방을 바탕으로 한 책쓰기 활동이다. 호기심 넘치는 일곱 명의 아이들과 열정적인 연구회 선생님들 덕분에 해보지 않던 일을 덜컥 시작했다. 뭐라도 할 준비가 되어있는 아이들의 의욕 넘치는 요구가 없었다면 안 될 일이었다.

모례마을 탐방을 위해 할머니 인터뷰 사전 질문지를 작성하고, 이동하는 차 안에서는 인터뷰 순서를 고민하고 시나리오를 짜느라 끊임없이 재잘댔다. 할머니 댁 푸른 마당에 둘러앉아 인터뷰도 하고, 할머니가 그리신 그림도 구경하고, 내친김에 할머니께서 좋아하시는 노래도 불러드렸다. 아이들의 글쓰기 대장정은 그렇게 시작되었다.

신라불교초전기념관을 둘러보고, 신라 전통 의상을 입고

아도모례원 내를 둘러보며 마치 시간 여행을 하는 듯한 아이들의 모습이 신명나 보였다. 이어지는 향낭 만들기 체험과 경북대 사학과 이영호 교수님의 특강을 듣는 동안에도 아이들의 눈빛은 호기심으로 반짝였다.

아도모례원 탐방 내내 아이들은 해맑게 웃고, 체험하고 즐거워했다. 그렇게 체험으로 끝날지도 모른다고 생각했다. 하지만 아이들이 완성한 글을 읽으며 알게 되었다. 할머니의 컬러링 그림, 신라초전기념관 해설사 할아버지, 모례정 우물, 향나무, 향낭 만들기…. 보고 듣고 체험한 것들이 고스란히 소설 속에 녹아 있었다. 놀면서 제대로 공부했던 것이었다.

책을 쓰는 몇 개월 동안 일곱 명의 '연준'이가 있었다. 아이들은 연준이를 통해 자신의 꿈을 고민했다. 초고를 쓰고, 서로의 글을 나눠 읽고 수정하며, 꿈을 향해 가는 동안의 어려움을 극복하는 방법도 스스로 찾아갔다. 퇴고 작업으로 지칠 만도 한데, 사실은 자신의 꿈이 웹툰 작가라며 삽화도 그리고 싶다고 제안해 온 아이들을 보며 웃음이 났다. 교사로서 너무나 행복한 순간이었다.

아이들은 책 출판 수익금을 어려운 아이들을 위해 JTS에 기부하자고 제안했다. 책쓰기를 통해 자신을 이해하고, 세상을 밝히는 경험이 되었길 바라며, 아이들의 행복한 미래를 응원하는 기쁨을 만끽해 본다.

엄두가 나지 않던 책쓰기의 시작은 책쓰기 지도 전문가인 김묘연 선생님과의 인연 덕분이었다. 항상 긍정에너지 충만한 강의는 듣고 있으면 나도 모르게 중독된다. 아이들만 생각하며 대구에서 김천까지 달려와 재능 기부 특강을 해주신 묘연쌤 덕분에 마법처럼 아이들은 책을 완성해 냈다. 정말 감사드린다. 그리고 중간중간 글쓰기 지도를 함께 해주신 박수경, 고아라 선생님, 아도모례원 할머니 인터뷰 일정을 잡아주시고 지역 탐방에 도움 주신 김민숙 선생님, 경북대에서 달려와 신라시대 불교에 대해 특강을 해주신 이영호 교수님께도 감사드린다.

마지막으로 9월에 새로 부임해 오셔서 누구보다도 학생들의 책쓰기 활동을 지지해 주신 홍명선 교장 선생님과 열정 가득한 운남중JTS 작가님들께도 깊이 감사드린다.

함께 살아가며, 삶을 기록하다

책쓰기 지도교사 김묘연

'유년'이라는 단어를 보면 무엇이 떠오르나요?

제 유년의 기억은 좁은 골목길 따라 시작됩니다. 그 길 끝에는 붉은 이층 벽돌집이 있고 마당 한 켠에는 무화과 한 그루가 있었지요. 무화과 옆에 있던 봉선화 열매를 톡톡 터뜨리던 손의 감촉이 살아납니다. 살짝 기울어진 일 층 유리문을 힘주어 열고 들어섭니다. 빵 굽는 냄새에 온 집이 노릇노릇한 색을 띠는 것만 같습니다. 마음까지도 노릇하게 구워내 가족들과 이웃들 간의 따뜻한 기억이 하나둘 연결되어 떠오릅니다.

제 유년이 내내 '톡톡' 튀고 '노릇노릇'하기만 한 건 아닙니다. 제 일기장에는 당시의 고민과 불안, 슬픔과 아픔들이 기록되어 있었으니깐요. 하지만 글을 쓸수록 과거를 보는 관점도 달라집니다. 그렇게 쓰기로 거듭날수록 자신의 삶을 긍정할 수 있습니다. '쓰기'는 삶을 일궈가는 가장 손쉽게 들 수 있는 연장인 거지요.

그래서 학생들과 '기록하고 쓰는 사람이 되기 위한 삶을 담는 책쓰기' 수업을 합니다. '기록하는 삶'은 자신의 삶에 애정을 가지게 합니다. 타인의 삶도 관찰하게 되고요. 삶의 바탕이 되는 지역의 공간들, 환경도 둘러보게 됩니다. 나와 너의 시간, 공간을 이해하고 성장할 수 있도록 책쓰기 수업의 목표를 둡니다.

'나는 누구인가?', '어떻게 살아갈 것인가?'라는 질문은 꽤 철학적으로 보이지만 일반적이기도 합니다. 이런 물음은 누구나 한 번쯤은 하는 질문이고 평생을 안고 갈 질문이니깐요. 특히 진로를 정해야 하는 청소년 시기에는 더욱 무게감 있게 다뤄지는 질문인데요, 저는 책쓰기로 그 답을 찾아가는 여정을 학생들과 함께 나누고 있습니다. 제가 학생들과 책쓰기를 하는 이유는 자신을 잘 알고 그에 맞게 잘 살아가게 하기 위함입니다. 구성원의 특성에 맞게 책쓰기 주제는 달라져도 책쓰기 프로젝트를 통해 '자유롭고 행복하게 살기 위한 힘'을 가질 수 있도록 수업을 준비합니다.

모든 책쓰기 프로젝트는 '지금'에서 시작합니다. 지금, 오늘의 자신을 이해하는 것이 중요하니깐요. 하지만 오늘을 이해하고 싶다면, 어제를 살펴보라는 말이 있지요. 과거 역사는 미래의 나침반이 되니깐요. 역사책에 나오는 것만 역사가 아닙니다. 동네 놀이터에서의 추억, 등굣길에 친구를 기다리던 곳이나 하교 후 분식점에서 친구들과 나누던 이야기들도 모두 역사가 됩니다. 그런 개인의 이야기가 기록되는 건 다양한 SNS를 통해 보편화되어 있습니다. 하지만 단편적인 기록을 넘어서 삶의 통찰을 담은 자신의 역사쓰기를 해보고 싶었습니다.

개개인이 역사에 관심을 가지고 있던 찰나 경상도 할머니들의 잔소리 사전이라 적힌 《사투리 안 쓴다 아니에요?》(곽미소 외 공저)라는 책을 운명처럼 만났습니다. 그리고 이 책을 기획한 박주연 대표님을 만날 기회도 있었지요. 할머니들을 만나 인터뷰하고 삶을 기록한 과정을 듣고는 학생들과 윗세대와의 만남을 통한 자신의 삶 돌아보기 수업을 해보고 싶다는 생각이 커졌습니다. 역사 책쓰기를 혼자서 감당하기는 어려워서 고민하던 중에 저와 비슷한 생각을 가진 선생님들과 '대구-경북 다시보기' 연구회를 만들게 되었고 역사 책쓰기 수업을 시작하게 되었습니다.

운남JTS 학생들과의 첫 만남은 구미 모례마을 역사 탐방 때였습니다. 자발성을 지닌 학생들의 모임이라서 그런지 학생들의 초롱초롱 빛나던 눈빛은 책쓰기 수업 내내 큰 활력이 되었습니다.

구미 모례마을(신라불교초전지) 탐방 이후 그곳의 이야기가 박물관 해설서에나 적힌 이야기가 아니라 아이들의 삶에 녹아 살아 숨쉬는 이야기가 될 수 있도록 역사 스토리텔링을 했습니다. 피부로 와닿지 않는 까마득한 신라 시대를 상상의 타임머신을 타고 함께 날아 들어갔습니다.

삼국사기와 삼국유사에 적힌 단 몇 줄의 기록과 유물을 보면서 당시를 떠올려 보고 그들의 삶을 유추해 봤습니다. '왜', '어떻게', '무엇' 때문인지 끊임없이 질문하고 토의했습니다. 어떻게 하면 더 근거있는 답이 될 수 있을지, 좀 더 타당한 답을 찾으려고 생각을 모으고 때론 더 많은 상상을 통해서 답을 찾았습니다. 그렇게 신라 모례마을의 역사는 2000년대를 살아가는 우리 이야기 속에서 살아나게 되었습니다.

"아도 화상이 전하려던 불교가 뭐가 문제였던 거야? 신라는 불교 국가아니었어? 신라에서 왜 막았지?"

"성국공주가 걸린 병 이름은 기록에 없는데 어떤 병이었던 걸까?"

"향 치료로 병이 나았다면 몸 자체의 병보다는 심리, 정신적인 병이 아닐까?"

"향 치료라는 거, 요즘에 쓰는 아로마 테라피 같은 거 아닌가?"

"모례정, 이 우물물을 이 동네 할머니들은 떠서 드시기도 했다는데, 할머니들의 이야기도 들어보고 싶지 않아?"

정말 꼬리에 꼬리를 무는 질문들이 쏟아졌습니다. 그 시대 자료를 확인하는 작업을 기본으로 했지만 대다수가 오늘날 우리의 삶에서 유추하며 답을 얻은 것들이었습니다. 그렇게 과거와 현재를 넘나들며 역사스토리텔링을 했습니다.

역사 스토리텔링 작품으로 공동 창작한 '난 내가 좋아'는

총 8장의 이야기로 모례마을의 과거와 현재를 잇고 운남 아이들의 삶이 엮여 있습니다. 일곱 명의 아이들이 한 작품을 쓰는 건 쉬운 일이 아닙니다. 역사적 사실을 어디까지 어떻게 다룰 것인지, 스토리텔링한 이야기가 개연성 있게 이어지도록 인물, 사건, 배경 점검을 하며 스토리 구상 회의를 하고, 자신이 맡은 부분을 쓰면서도 앞과 뒷부분을 쓰는 친구들과 끊임없이 소통을 해야 했습니다. 소통을 거듭할수록 글이 매끄러워지고 동아리 친구들간의 협력하는 마음, 함께 완성해 간다는 희열감도 넘쳤습니다.

청소년들이 가질 만한 고민과 상처를 가진 연준이가 문제를 해결하고 성장하듯이 학생들의 책쓰기 과정이 그러했습니다. 책쓰기를 하면서 발생하는 수많은 문제를 주체적으로 해결하면서 운남중 친구들 모두 주인공이 되어 성장할 수 있었습니다.

이번 역사 스토리텔링은 지역 공간을 바탕으로 우리의 과거와 현재, 미래를 질문하고 함께 답을 찾는 협력의 과정을 잘 엮어내는 걸 목표로 했습니다. 역사 소설로서 대단히 탄탄한 구성을 가진 완성작을 만드는 게 목표는 아니었습니다.

그런데 구미 모례마을 이야기가 학생들 공동 창작 작품으로 나왔다는 것만으로도 큰 감동인데, 구성도 훌륭해서 더욱 감격하였습니다.

운남중 학생들과 책쓰기 수업을 하기 위해 대구에서 기차를 타고 아이들을 만나러 가는 날은 몹시 설렜습니다. 수업은 더할 수 없이 즐거웠지만 대구-김천을 오가면서 체계적으로 책쓰기 수업을 이어갈 수 있을지, 수업을 거듭할수록 고민도 늘었습니다. 아이들이 힘들다고 하면 역사 책쓰기를 시도해 본 걸로 만족하고 그만둬도 된다는 생각도 했지요. 그런데 운남JTS 학생들은 끝까지 해내고야 말았습니다. 줌으로 협의하는 날이 거듭되고 학생들의 열정적인 모습은 원격 책쓰기 수업도 가능하도록 했지요. 학생들을 만나러 가던 기차 안에서의 설렘과 줌 화면으로 만나던 시간들이 이 책에 담겨 있습니다. 이 책은 제겐 설렘이고 가능성이고, 또 다른 도전이 되었습니다.

한 학교에서도 이뤄내기 어려운 팀티칭을 대구-경북이라는 공간의 한계를 넘어서 이뤄냈습니다. 권유미 선생님의 소통과 뛰어난 지도력, 고아라 선생님의 지지와 박수경 선생님의 적극적인 지원으로 말이지요. 역사탐방 진행과 자료를 준비해주신 김민숙 선생님의 노고가 없었다면 시작도 못했을 겁니다. 하지만 이를 가능하게 한 일등공신은 수업 주체자인 운남JTS 학생들입니다. 다시, 수업마다 봤던 그 눈빛이 느껴집니다. 역사 책쓰기를 함께한 시간이 학생들을 더욱 빛나게 하리라 믿습니다.

일반적으로 지역을 관광산업화하기 위한 마케팅 전략으로 지역 스토리텔링을 사용하지만, 우리는 '삶의 재발견'에 방점을 찍는 수업을 했습니다. 우리 지역의 가치를 새롭게 알고 그 공간에서 함께 살아가는 사람들을 이해하며 자신을 찾는 재발견의 시간이었습니다. 새로운 인식의 자양분은 아이들을 뿌리가 튼튼한 사람으로, 통찰력 있는 사람으로 자라게 할 것입니다.

학생들과 함께한 지역 스토리텔링 수업은 학생들의 자아찾기 시간이기도 했습니다. 학생들이 자신의 삶을 사랑하고 타인과 함께 건강하게 살아가는 삶을 잊지 않고 삶의 주인공으로 살아가기 위해서 '쓰는 삶, 기록하기'를 멈추지 않기를 바랍니다.

운남JTS와 함께한 역사(지역) 스토리텔링이 전국 여기저기서 일어나 이곳저곳의 다채로운 삶의 이야기를 나눌 날을 꿈꿉니다. 이 책이 그런 새로운 날을 열 시작점이 되기를 간절히 바라며 이 책을 추천하여 주신 모든 분들께 감사함을 전합니다.

학생 작가들을 만나다

김나원 작가

김나원은
나무처럼 커다랗고 푸르게 자라서
원하는 꿈들을 이루어 내고 싶습니다.

저는 초등학교 3학년 때부터 소설을 쓰는 작가가 꿈이었습니다. 그 꿈은 커가면서 잊혀졌지만 JTS동아리 모집 공고를 보자 작가가 되고 싶다는 소망이 다시 살아났습니다.

그렇게 홀린 듯 동아리에 들어갔으나 저를 기다리고

있는 것은 엄청난 양의 회의와 글쓰기였습니다. 안 그래도 시간이 없는데 할 일은 자꾸 늘어나기만 하자 솔직히 그만두고 싶었던 시간도 있었었습니다. 그때마다 출판된 우리의 책 한 구석에 쓰여있을 제 이름과 온 힘을 다해 지도해주시는 선생님들의 노력, 동아리에서 만난 친구들을 생각하며 힘을 냈습니다. 물론 조금씩 써지는 저의 글과 친구들의 글을 보며 느껴지는 보람도 한몫했고요.

마침내 초고가 완성되었을 때, 저는 어른들만 할 수 있는 딱딱하고 높은 벽이라고만 느껴지던 책쓰기를 해냈다는 생각과 함께 여태까지의 힘듦이 사라지는 기분이 들었습니다.

저는 이 책으로, 평생 해보고 싶었던 소원을 이루었습니다. 저희를 지도해주신 선생님들과, 동아리 친구들 모두 감사합니다.

김영경 작가

김영경은 글을 쓰는 작가입니다.
영원히 잊지 못할 첫 책쓰기의 순간과
경험들! 이 책 안에 고스란히 담았습니다.
여러분도 함께 느낄 수 있으면 좋겠습니다.

2학년이 되었을 때 JTS라는 새로운 동아리가 생겼고 저는 호기심을 가지고 들어갔습니다. 봉사활동을 하는 동아리라고 해서 연탄을 나르는 상상을 하며 가입했지만, 동아리 회의를 통해 책쓰기 재능 기부 봉사활동을 하기로 했습니다.

주말마다 선생님들, 친구들과 시간을 내어 회의도 하며 꾸준히 글을 쓰고 고쳤습니다. 그렇게 제 일생 처음으로 책을 쓰게 되었습니다.

이 책은 신라의 불교 초전지인 경상북도 구미시에 위치한 모례마을을 배경으로 했습니다. 답사를 하러 모례마을을 직접 찾아갔을 때, 회의를 하며 하하호호 웃을 때, 책을 쓰고 수정하느라 골몰할 때 등 모든 순간이 저에겐 소중한 추억이 되었습니다.

제가 쓴 글의 소제목은 '성국 공주의 짙은 기억을 그리다'입니다. 제가 쓴 책이 여러분들에게도 짙은 기억으로 그려졌으면 좋겠습니다.

박강현 작가

박식하고
강인한
현시대 유망주

평소 책을 많이 읽기는 했지만 '책을 쓴다.'라는 생각을 해본 적도 없는 저에게 학교 동아리 활동 중 지역 탐방과 연계한 책을 쓸 우연한 기회가 찾아와 책을 쓰게 되었습니다. 주제도 마음에 들었고 자신감도 넘쳤던 저는 수락했었죠.

하지만 막상 글을 쓰려고 하니 무엇부터 시작할지 막막한 것이 아니겠습니까? 글은 어떤 형식으로 쓸지 자료는 어떻게 찾을지 아무 것도 몰랐기 때문입니다. 하지만 책쓰기에 대한 책을 읽고 나니 틀을 잡을 수 있었고 거기에 더해 앞길을 닦아놓은 글쓰기 선배님들과 믿음직한 선생님들 덕분에 이 책을 쓰는 과정이 모두 즐거울 수 있었습니다.

마을 답사와 인터뷰, 초고 쓰기, 피드백, 원고 쓰기 등등 그 과정에서 힘든 점이 없는 건 아니었지만 그 즐거움의 크기에 비하면 보잘것없는 정도였습니다. 이 책을 읽는 여러분들도 이 책을 읽으며 저와 같은 즐거움을 느낄 수 있다면 좋겠습니다.

정지연 작가

정말 고민했고 많은 손 거쳐 만들어진 글
지루하지 않도록 모두가 노력해서 만들어진 글
연신 수정하고 또 수정한 끝에 만들어진 글

첫 책쓰기여서 그런지 서툴고 어색했지만, 최선을 다해서 완성해 보았어요. 이 책을 읽는 독자분들이 부디 재미있어하길 바라며 자기소개를 마칩니다.

저는 어릴 적부터 무언가에 대해 상상하는 것을 좋아하곤 했습니다. 어떤 관심사가 생기면 한동안은 그것에 대한 생각으로 가득했습니다. 그래서 오로지 상상으로 이루어진 영화나 소설 같은 것도 즐겨 보았습니다.

그러다 제게 직접 상상을 글로 적어낼 수 있는 기회가 주어졌습니다. 처음 글을 쓰기 시작할 때는 정말 막막했고, '내가 쓴 글들이 과연 책으로 만들어질까?'라는 생각도 들었습니다.

그러나 저에게 도움을 주셨던 여러 선생님들과 옆에서 여러 충고를 해주었던 친구들 덕분에 차츰 더 나은 글을 쓸 수 있게 되었습니다.

모두의 손길을 거쳐 완성된 우리의 글을 선생님들, 친구들, 독자들에게 바칩니다.

최예원 작가

최고가 되기보단 최선을 다하겠다는 마음가짐을 담아 완성한 우리들의 이야기에서
예스러운 문체가 돋보이는 할머니와 연준이의 이야기를 담당했습니다. 어렵고 막막한 부분도 있었지만 조금씩 완성되어가는 책을 보며 흥미를 느끼고 뿌듯함도 느꼈습니다.
원래 부족했던 실력을 채워주시고 소중한 기회를 만들어주신 선생님들께 감사하고 함께 글을 쓴 친구들에게도 수고했다는 말을 전하고 싶습니다.

저는 늘 새로운 도전을 두려워했습니다. 예전에는 책을 많이 읽었는데 지금은 책 읽는 시간보다 핸드폰 만지는 시간이 더 많았고 이런 내가 과연 책을 쓸 수 있을까 하는 의문이 앞섰습니다.

책을 쓰는 과정에서 여러 일정을 조정하는 것도 어려웠고 이어갈 문장이 떠오르지 않아 막막할 때도 많았습니다. 하지만 친구들과 함께 의논하고 고민하며 나 자신이 점점 더 성장해가고 있다는 것을 느낄 수 있었습니다.

그리고 우리들의 도전과 노력으로 우리의 역사를 이해하고 알릴 수 있다는 자부심과 작지만 출판 수익을 어려운 아이들을 지원하는데 기부할 수 있어서 너무 기뻤습니다.

이 책은 저의 훌륭한 도전으로 남을 것 같습니다. 그리고 이런 경험을 할 수 있는 기회를 만들어주시고 저를 잘 이끌어주신 권유미 선생님, 김묘연 선생님, 박수경 선생님께 너무 감사하고 옆에서 응원해준 친구들에게도 고맙다고 전하고 싶습니다.

천서현 작가

천서현! 저를 소개할게요.

서 있는 거 보다 누워있는 걸 좋아해요. 그러다

현실을 자각하고 벌떡 일어나 책상 앞에 앉아

책 원고를 쓴답니다.

사실 책보다 친구들과 수다 떠는 걸 좋아하고 만나 노는 걸 좋아하는 학생입니다. 그러다 JTS라는 동아리에 들어가게 되었습니다.

평소 잘 읽지도 않던 책을 제가 직접 쓰게 되었어요.

처음엔 '설마 출판까지야 하겠어?'라고 생각했는데 다 같이 쓰고 맞추고, 바꾸고 하다 보니 책 한 권이 완성되어 있었어요! 책을 쓰는 과정에서 어려웠던 점이 있었다면 정해진 날짜와 시간 안에 그 글을 내야 하는 것이었습니다.

'모례마을에서 찾은 꿈'의 시작은 모례마을 탐방이었어요. 이 책에 등장하는 소재와 주인공(연준이)이 체험한 활동들은 모례마을에서 저희가 체험한 걸 바탕으로 쓰여졌습니다.

저의 첫 책을 출판하게 되었습니다. 독서를 많이 하고 책을 출판하는 게 일반적이지만 저는 책을 먼저 출판함으로써 책에 더 관심을 가지게 되었습니다. 글 쓰는 걸 두려워하지 말고 한 번 도전해 보세요! 책의 반전 매력을 찾을 수 있을 거예요!!

한수빈 작가

한번 읽으면,
수없이 더 읽고 싶어질 거예요.
빈틈이 많은 나의 첫 책! 예쁘게 봐주세요.

안녕하세요? 저는 운남중 2학년 학생입니다. 저는 항상 활발하고 도전하는 것을 즐기는 편이라서 책 쓰는 것에도 아무 생각과 거리낌이 없었지만 작가 선생님과 함께 만남을 가졌을 때 처음과는 달리 엄청난 걱정이 몰려왔습니다. 그래도 선생님들께서 책 방향도 잡아주시고 도움도 많이 주셨기에 끝까지 책을 쓸 수 있었던 것 같습니다.

책을 쓰면서 연준이의 상황을 함께 느끼려 해보고, 여러 번 수정했을 때 '작가님들 정말 훌륭하시구나'를 한 번 더 느끼게 되었습니다. 책을 쓰면서 평소 잘 읽지 않던 책도 틈틈이 읽으며 하루하루 발전되어 가는 것 같았습니다.

함께 해준 친구들과 선생님들에게 정말 감사를 드립니다. 만약 연준이와 같은 상황과 비슷한 분이 계시다면 연준이처럼 마법 같은 일이 일어나길 바라요!

사진으로 보는 책쓰기 여정

#2022년 5월 모례마을을 방문해서 OO할머니 인터뷰를 통해
모례마을 이야기를 들었어요.

#할머니의 그림을 통해 웹툰 작가를 꿈꾸는 연준이를
상상했어요.

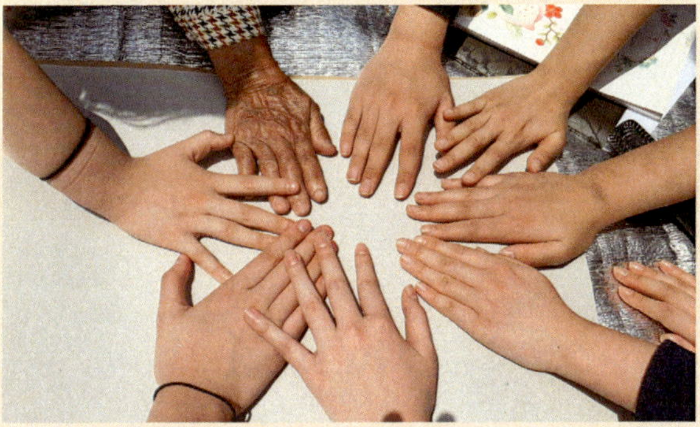

#할머니와 손 그림을 그리고 소망을 적었어요.

#신라불교초전기념관에서 해설사님으로부터 역사 이야기를 들었어요. 해설사님의 모습에서 끌끌 할아버지를 생각해 냈어요.

#'아도화상의 향 이야기와 함께하는 나만의 향낭 만들기 체험'에 참여했어요. 성국공주를 낫게 했다는 향기를 직접 체험했어요.

#신라 전통 의상 체험을 했어요.

#전통 의상을 입고 아도모례원 내를 천천히 둘러보며 시간 여행을 했어요.

#경북대 사학과 이영호 교수님의 특강을 통해 아도 모례원에 얽힌 역사 이야기를 배우고 질문했어요.

#이영호 교수님과 함께 모례정과 향나무 앞에서 인증샷!

#탐방 후, 김천 스터디룸에서 대구영재과학고 김묘연 선생님을 모시고 역사 책쓰기 특강을 들었어요.

#모례정과 관련된 백용성 스님의 일대기도 둘러봤어요.

#김묘연 선생님의 두 번째 특강, 주제 선정 방법과 개요짜기에 대해 배웠어요.

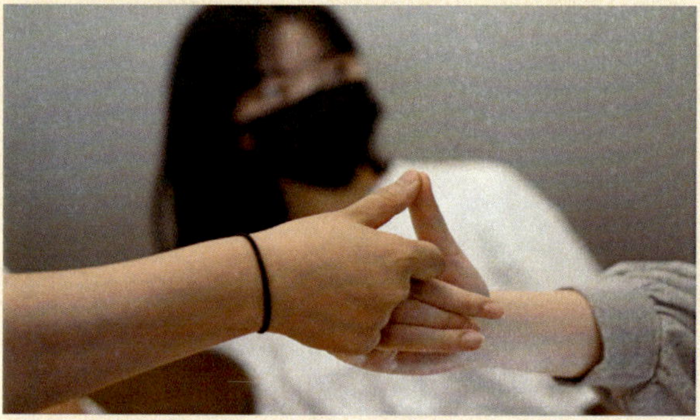

#의욕 뿜뿜! 용기 뿜뿜! 모두들 포기하지 않는 작가가 되기로 굳게 약속했어요.

#운남중에서 김묘연 선생님의 세 번째 특강!
작가가 된 듯 흥분된 날이었습니다.

#대구 심인고 박수경 선생님의 특강과 작가 사인회에 참여했어요.

#특강 뒤 책 구상 회의를 했어요. 다양한 아이디어가 봇물 터지듯 쏟아졌어요.

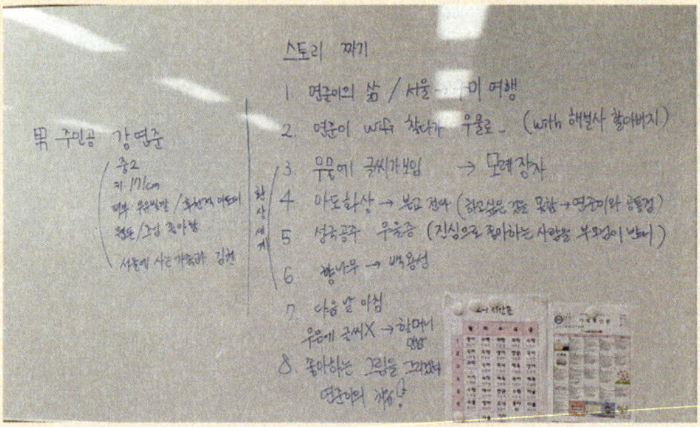

#장장 6시간 고민 끝에 글 개요가 완성되었어요.
힘들지만 재밌었던 날! 창작의 고통을 살짝 맛보았다고나 할까요?

#'우리는 글을 쓰는 작가입니다.'
끊임없이 쓰고, 고치고를 반복했어요.

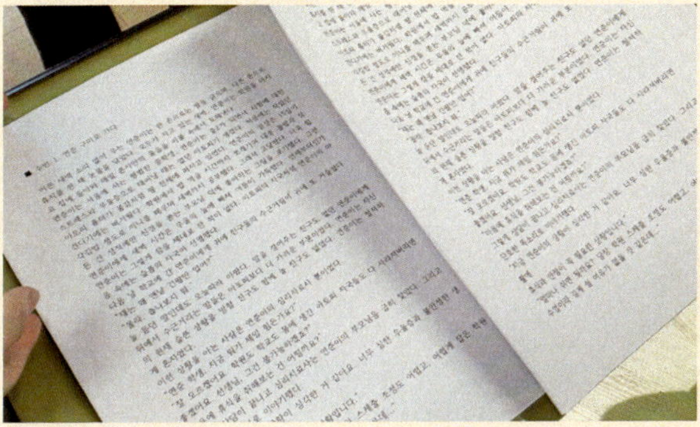

#드디어 초고 완성!
힘들었던 순간들을 모두 보상받는 듯, 너무 기쁜 순간이었어요.

#초고 완성 파티! 선생님께서 준비해주신 초코케익 넘넘
맛있었어요. 초고 완성의 기쁨은 더 달달했구요.

#틈이 날 때마다 원격 회의를 통해 글 다듬기를 했어요.
함께해 주신 김묘연·권유미·박수경·고아라 선생님께 감사드려요.

#컴퓨터실에 모여서 편집장을 중심으로 소리 내어 읽고,
수정하고 다듬기를 반복했어요.

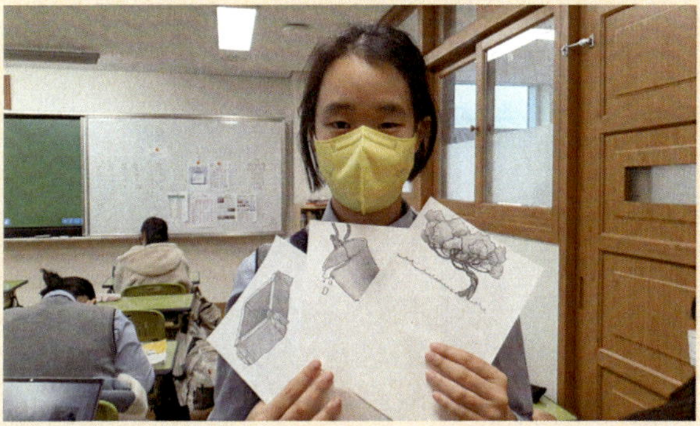

#그림 작가님들의 손끝에서 연준이도, 모례정도 탄생했어요.

#학교에서 틈만 나면 회의하고, 수정 했어요. 멋져 보이기만 했던 작가란 직업이 엄청 힘들다는 것도 알게 된 과정이었어요.

#짜잔! 드디어 우리들의 첫 책이 완성되었어요.